“めうしを牧場へつれていくのは、やめだ。
うちのやねのちかくで、草をたべさせよう。
やね？　そうだ、やねだ！”

くよくよしても
しかたがない！

ワンダ・ガアグ　再話・絵　　小宮由　訳

GONE IS GONE

Retold and Illustrated by Wanda Gág

Originally published by Coward-McCann, Inc., in 1935
This Japanese edition published by Zuiunsya, Inc., Tokyo, 2024

お百姓《ひゃくしょう》だった　ご先祖《せんぞ》さまへ

これはね、わたしが子《こ》どもだったころ、わたしのおばあさんからきいた、ふるいふるいお話《はなし》だよ。

そのおばあさんは、子《こ》どものころに、おばあさんのおじいさんから、きいたといっていたし、そのおじいさんは、ボヘミアのお百姓《ひゃくしょう》さんだったんだけど、やっぱり子《こ》どものころに、おじいさんのおかあさんからきいたと、いっていた。

じゃあ、そのおかあさんは、だれからきいたのかというと、それは、わからない。だけど、とってもとってもふるいお話《はなし》だってことは、よくわかるね？とにかく、わたしのおばあさんは、いつも、こういってから、このお話《はなし》をしてくれたんだよ。

そのお話《はなし》というのはね……

くよくよしても　しかたがない！

しごとをとりかえた　お百姓《ひゃくしょう》さん

というお話《はなし》さ。

そのお百姓《ひゃくしょう》さんの名《な》まえは、フリッツル、おくさんの名《な》まえは、リアシ、そして、ふたりには、小《ちい》さいむすめがいて、名《な》まえを、キンドリといった。

それから、いぬが一《いっ》ぴきいて、名《な》まえは、スピッツ。

ほかに、めうしが一頭《いっとう》、やぎが二頭《にとう》、ぶたが三《さん》びき、がちょうが十二羽《じゅうにわ》いた。

みんなは、小《ちい》さな土地《とち》で、つつましくくらしていた。

フリッツルのしごとは、畑《はたけ》をたがやし、たねをまき、雑草《ざっそう》をとること。それから、お日《ひ》さまが、かんかんにてりつけるなか、牧草《ぼくそう》をかり、それをあつめてたばにし、つみあげること。

フリッツルは、まい日《にち》、まい日《にち》、いっしょうけんめい、はたらいていた。

リアシのしごとは、家《いえ》のそうじをして、りょうりをし、クリームをかきまぜて、バターをつくり、納屋《なや》の動物《どうぶつ》たちや、むすめのせわをすること。

リアシも、まい日《にち》、いっしょうけんめいはたらいていた。

ふたりとも、ねっしんに、しごとをしていたけれど、フリッツルは、いつも、自分《じぶん》のほうが、よけいにはたらいている、と思《おも》っていた。フリッツルは、夕方《ゆうがた》、家《いえ》にかえると、いすに、どっかりこしかけ、大《おお》きな赤《あか》いハンカチで、顔《かお》をふきふき、こういった。

「ふう！　きょうも、あつかった。だが、なまけず、がんばったよ。リアシ、おめぇは、男《おとこ》のしごとが、どんだけしんどいものか、わかってねぇだろうなぁ。それにくらべて、おめぇさんのしごとなんざぁ、らくなもんよ」

「らくなことなんて、ありゃしませんよ」と、リアシはこたえた。

「なんだと？　らくじゃねぇだと？」と、フリッツルはいった。「おめぇさんのやることなんざぁ、家《いえ》のまわりを、のらりくらりとしてるようなもんじゃねぇか。そんなこたぁ、きつくともなんともねぇ」

「そうかい」と、リアシがいった。「そこまでいうんだったら、あした、しごとをとりかえてみようじゃないか。あたいは、あんたのしごとをするから、あんたは、あたいのしごとをするんだよ。あたいは、出《で》かけていって牧草《ぼくそう》をかる。あんたは、家《いえ》のなかのことを、のらりくらりとやるといい。どうだい？　そうしたいんだろ？」

フリッツルは、しごとをとりかえたらどうなるか、そうぞうしてみた。

「まずは、庭《にわ》の草《くさ》の上《うえ》にねそべって、むすめのキンドリのおもりをする。それから、すずしいこかげにすわって、バターにするクリームをかきまぜる。そのあとは、ひるめしに、ちょちょいとソーセージをやいたり、スープをつくったりするだけだ。はっ！　こりゃ、らくちんだ。よし、のぞむところだ。やってやろうじゃねぇか！」

つぎの日《ひ》のあさ、リアシは、じかんをむだにしなかった。すいとうをかた手《て》に、かまをかたにかつぐと、夜《よ》があけるころにはもう、すたすたと、しごとに出《で》かけていった。

いっぽう、フリッツルは、だいどころであさごはんに、ソーセージをやいていた。こしかけにすわって、フライパンを火《ひ》にかけ、ソーセージのじゅうじゅうやける音《おと》をききながら、たのしいかんがえにふけっていた。

「そうだ、ビールがいるな……」フリッツルは、ひとりごとをいった。「うまいソーセージとくりゃ、ビールがなくっちゃ」

　フリッツルは、そうおもうがはやいか、フライパンを炉《ろ》ばたにおいて、ちかしつへおりていった。そこには、ビールがはいった、大《おお》きなたるがあった。

　フリッツルは、たるのせんをぬいた。すると、きらきらとあわだつビールが、どっくんどっくんと、大《おお》きなカップに、はいっていった。フリッツルは、そのようすを、うっとりと見《み》つめていた。

ところが、そのとき、上《うえ》のだいどころから、ガタン！　という音《おと》がした。

「なんだ？　まさか、スピッツのやつ、フライパンのソーセージに、ちょっかいでも、だしやがったか？」

まさに、そのとおりだった。

フリッツルが、ちかしつのかいだんをあがっていくと、ちょうど、いぬのスピッツが、やきたてのソーセージをくわえて、かってぐちから、とびだしていくところだった。

フリッツルは、大《おお》ごえでどなりながら、おいかけた。

「おいっ！　こらっ、まて！」

でも、いぬは、とまらなかった。

フリッツルは、はしった。スピッツもはしった。

フリッツルは、うんと、はしった。スピッツも、うんと、はしった。

とうとう、いぬは、にげきって、フリッツルは、おいかけるのをあきらめた。

「やれやれ、おきちまったことだ。くよくよしても、しかたがねぇ」フリッツルは、そういって、かたをすくめた。

そして、ふうふう、いきをきらしながら、大《おお》きな赤《あか》いハンカチで、顔《かお》をふきふき、家《いえ》へもどっていった。

「ん？　まてよ？」フリッツルは、とちゅうで、あることを思《おも》い出《だ》した。「ビールは、どうしたっけ？　おれは、たるに、せんをしたかな？　いや、してない！　だって、ほら、そいつをにぎってるもの！」

フリッツルは、大《おお》いそぎで、はしってかえった。だが、すでにておくれだった。

ビールは、大《おお》きなカップをとっくにいっぱいにして、おまけに、ちかしつまで、いっぱいにしていた。

フリッツルは、ビールまみれのちかしつを見《み》つめながら、頭《あたま》をかいて、こういった。

「やれやれ、おきちまったことだ。くよくよしても、しかたがねぇ」

さて、そろそろ、バターをつくらなければ。フリッツルは、バターおけに、じょうとうの、こいクリームをいれ、こかげの下《した》へもっていくと、げんきよく、かきまわしはじめた。

むすめのキンドリも、そばにいて、ヒナギクのなかで「モー、モー」と、うしさんごっこをしていた。

空《そら》は青《あお》く、お日《ひ》さまは、きらきらとかがやいていて、庭《にわ》の花々《はなばな》は、まるで天《てん》使《し》の瞳《ひとみ》のように、草《くさ》のあいだで、またたいていた。

「あぁ、いい気分《きぶん》だ。くたびれちまった足《あし》も、これでやすまるってもんよ」フリッツルは、そう思《おも》いながら、クリームをかきまわしつづけた。

「ん？　まてよ？」フリッツルは、また、あることを思《おも》い出《だ》した。「めうしは、どうしたっけ？　あいつのことを、すっかりわすれてた。めうしのやつ、あさから、いってきも水《みず》をのんでねぇぞ。おぉ、かわいそうに！」

　フリッツルは、バケツにつめたい水《みず》をくむと、大《おお》いそぎで納《な》屋《や》へむかった。めうしに水《みず》をやるなんて、もうとっくにしてなきゃならなかったのに。

のどが、からからのまま、ずっとほっとかれた、かわいそうなその動物《どうぶつ》は、したを、だらーんとたらして、ぐったりとしていた。それにおなかも、すかせているようだった。

それを見《み》たフリッツルは、めうしを納屋《なや》から出《だ》してやり、草《くさ》がたくさんしげってる牧場《ぼくじょう》へつれていくことにした。

「ん？　まてよ？」と、フリッツルは、また思《おも》った。「そしたら、キンドリは、どうなる？　おれが、牧場《ぼくじょう》までいって、あの子《こ》をひとりっきりにしちまったら、やっかいなことが、おこるかもしれない。そうだ、めうしを牧場《ぼくじょう》へつれていくのは、やめだ。うちのやねのちかくで、草《くさ》をたべさせよう。やね？　そうだ、やねだ！」

　フリッツルの家《いえ》のやねは、トタンでもなく、かわらでもなく、土《つち》とコケでできていた。だから、やねには、いい草《くさ》や花《はな》が、たくさんはえている。それに、めうしをやねへあげるのも、そうむずかしくない。なぜなら、フリッツルの家《いえ》は、さかにくっつくようにたっていて、さかのとちゅうで、ちょいとまがれば、かんたんに、みどりのやねにのぼることができたのだ。

めうしは、やねの上《うえ》が気《き》にいったようで、すぐに、草《くさ》をむしゃむしゃと、たべはじめた。

そこでフリッツルは、またいそいで、バターづくりにもどった。

ところが！　フリッツルが、こかげの下《した》で見《み》たものは、なんだったと思《おも》う？　それは、キンドリが、バターおけに、よじのぼってるすがただった。

そして、いまにも、たおれそう！

ほらっ、やっぱり、たおれた！

あぁ、クリームが、こぼれた！

キンドリは、草《くさ》の上《うえ》にたおれて、バターになりかけのクリームまみれになってしまった。

「あぁあ、これじゃ、バターも、だめだ」フリッツルは、目《め》をぱちくりさせて、かたをすくめた。「やれやれ、おきちまったことだ。くよくよしても、しかたがねぇ」

フリッツルは、クリームをぽたぽたさせているキンドリをだきあげ、お日《ひ》さまのあたるばしょにすわらせて、かわかすことにした。

「ん？　お日《ひ》さま？　いっけね！　お日《ひ》さまが、こんなたかくあがってる。もう、ひるじゃねぇか！　なのに、ひるめしのよういが、ちっともできてねぇ。リアシのやつ、もうすぐ、ひるめしをくいに、かえってくるぞ！」

フリッツルは、大《おお》いそぎで、庭《にわ》の畑《はたけ》へはしっていくと、ジャガイモ、タマネギ、ニンジン、キャベツ、ビーツに、インゲン、カブ、パセリ、それから、セロリもとってきた。

「こいつを、すこしずついれたら、うまいスープができるぞ」フリッツルは、そうつぶやきながら、家《いえ》へもどっていった。

あんまりたくさん野《や》菜《さい》をかかえていたものだから、畑《はたけ》のさくをしめることもできなかった。

フリッツルは、だいどころのベンチにこしかけ、野菜《やさい》をきったり、むいたりしはじめた。

野菜《やさい》のきりくずが、あっちこっちととびちるほど、フリッツルは、もうれつにはたらいた！

ところが、そのとき、やねの上《うえ》からドカン！　という音《おと》がした。

フリッツルは「あっ！」と、さけんでとびあがった。「めうしだ！　あいつ、やねの上《うえ》で、すべったかな？　やねから、おっこちて、くびのほねでもおったら、たいへんだ」

フリッツルは、ふといロープをもって、もう一《いち》ど、やねへあがった。

さあ、ここから、よおく話《はなし》をきいておくれ。フリッツルが、そのロープで、なにをしたかっていうことを。

いいかい？　フリッツルは、まず、ロープのはしを、めうしのはらにくくりつけた。それから、もういっぽうのはしを、えんとつから家《いえ》のなかにたらした。そして、やねからおりて、だいどころへもどると、たらしたロープを手《て》にとって、自分《じぶん》のはらに、くくりつけた。フリッツルは、そんなことをしたんだよ。

「うん、これでいい」フリッツルは、まんぞくそうにいった。「これで、めうしが、やねから、おっこちるしんぱいはねぇぞ」

そうして、口《くち》ぶえをふきながら、しごとをつづけた。

フリッツルは、炉《ろ》にまきをくべ、大《おお》なべに水《みず》をいれた。

「そうら、やっとこしごとが、おもいどおりになってきた。これで、もうすぐ、うまいスープが、たっぷりできるぞ！」

「まずは、野菜《やさい》をいれて……」フリッツルは、そういって、大《おお》なべに野菜《やさい》をいれた。

「おつぎは、ベーコンをいれて……」フリッツルは、そういって、ベーコンをいれた。

「さいごに、まきに火《ひ》をつける……」
フリッツルは、そういったが、それだけは、できなかった！

なぜなら、ちょうど、そのとき、めうしが、ガタン！　ドスン！　という音《おと》とともに、やねのふちから、おっこちたからだ。

すると、フリッツルは、どうなったと思《おも》う？

そう、ぴゅんと、えんとつにすいこまれ、大《おお》なべの上《うえ》に、ぷらんぷらんと、ぶらさがってしまった。

あわれなフリッツル、もはや、のぼることも、おりることもできない。

やがて、リアシが、すいとうをかた手《て》に、かまをかたにかけ、かえってきた。

「あら？　あれは、いったい、なんだろね？　うちのやねから、ぶらさがってるものは？　うしかな？　そうだ、うちのめうしだ。めうしが、目《め》をむいて、くるしそうに、だらりと、べろをたらしてる！」

リアシは、じかんをむだにしなかった。すぐに、かまを手《て》にとると、ジャキッ、ブチンッと、ロープをきった。めうしは、ふらふらしながらも、たちあがった。

「よかったよ、まだ生《い》きてた。神《かみ》さまにかんしゃだね！」

つぎに、リアシが見《み》たものは、大《おお》きくあいている庭《にわ》の畑《はたけ》のさくだった。おかげで、ぶたや、やぎや、がちょうが、みんな、畑《はたけ》にはいって、おなかがはちきれんばかりに、野菜《やさい》をむさぼっていた。

「あぁ、なんてこったい！　もう、なんにも、のこってないじゃないか」

つぎに、リアシが見《み》たものは、たおれたバターおけと、お日《ひ》さまの下《した》にいるわが子《こ》だった。キンドリは、べたべたのクリームまみれになっていた。

リアシは、さきをいそいだ。

すると、しばふの上《うえ》に、いぬの
スピッツが、あおむけになって、
くるしそうにねころんでいた。
さっきのソーセージを、たべす
ぎてしまったんだね。

そして、ちかしつをのぞいてみると
ゆかじゅうが、ビールまみれ。かいだ
んのところまで、あふれている。

それから、だいどころを見《み》てみるとまあ、なんてちらかってること！　野《や》菜《さい》のきりくずが、あちこちにちらばっていて、ナイフやおさらも、ころがっている。

リアシは、とうとう、炉《ろ》ばたへやってきた。

あれあれ、まあまあ、なんてこと！　これは、いったい、なんだろう？　大《おお》なべから、うでが二本《にほん》と、足《あし》が二本《にほん》とびだしていて、じたばたしている。それに、よわよわしいあわが、ぽこぽこと、うきあがってきてるじゃないか。

「いったい、ぜんたい、なにごとだい？」と、リアシはこえをあげた。

リアシは、そとで、めうしをたすけたとき、フリッツルに、なにがおこったのか、まるでわかっていなかった（だけど、わたしたちには、わかるよね？）。

そう、めうしのロープがきれたしゅんかん、あわれなフリッツルは、えんとつから、大《おお》なべのなかに、どぼんっ！　と、おっこちてしまったのさ。

リアシは、じかんをむだにしなかった。とびでてる、うでと足《あし》をつかむといきおいよくひっぱりあげた。すると、でてきたのは、あたまに、キャベツ、ポケットにセロリ、小耳《こみみ》にパセリをはさんだ、ごていしゅだった。

「おまえさん、いったい、どうおしだい？」と、リアシがきいた。「これが、おまえさんなりの、家事《かじ》のしかたってわけ？」

「あぁ、リアシや」フリッツルは、げんなりしながらいった。「おめぇさんのいうとおりだ。おめぇのしごとは、ちっともらくじゃねぇ」

「そうね、なれるまでは、ちょっとむずかしいさね」と、リアシはいった。「でも、あしたは、もうちょっと、うまくできるんじゃないかい？」

「とんでもねぇ！」と、フリッツルはさけんだ。「おきちまったことだ。くよくよしても、しかたがねぇ。だが、おれの家事《かじ》は、きょうかぎりだ。リアシよ、どうか、たのむ、もとのしごとにもどらせてくれ。もう二《に》どと、おれのほうがきついなんてこたぁ、いわねぇから」

「あら、そうかい」と、リアシはいった。「それなら、あたいたち、これからも、もっとなかよく、くらしていけそうだね」

そうして、ふたりは、そのとおり、いつまでも、なかよく、しあわせにくらしたとさ。

おしまい

訳者あとがき

この本の作者ワンダ・ガアグは『一〇〇まんびきのねこ』（福音館書店）で有名な絵本作家です。一九二八年にアメリカで発表されたこの本は、ガアグのデビュー作であり、アメリカ人作家による最初の本格的《ほんかくてき》な絵本でもありました。まさにアメリカの絵本黄金期《おうごんき》の先駆《さきが》けとなった人物なのですが、その人生はどのようなものだったのでしょう。

六人姉弟の長女だったガアグは、一八九三年、アメリカ・ミネソタ州ニューアルムに生まれます。その地域は、主にドイツ系移民《いみん》が多かったことから、ガアグの家でもドイツ語が話され、ガアグ自身も学校へ上がるまで英語を話せなかったそうです。そして、ボヘミア（現在のチェコ西部）出身の父方の祖父母《そふぼ》などから、グリムを中心とした昔話《メルヘン》をドイツ語でたっぷりと聞いて育ちました。また、芸術一家だった両親の影響《えいきょう》で、ガアグや妹弟は絵が好きになり、休日は、家族で大きなテーブルを囲《かこ》んで絵を描いて過ごしたそうです。

十五歳の時に父が亡《な》くなり、高校に通いながら母と妹弟を助けますが、二十四歳の時には母も亡《な》くしてしまいます。そこでガアグは、ニューアルムの家を売り、ミネソタ州ミネアポリスへ妹弟を移し、自身はアート・スチューデンツ・リーグ・オブ・ニューヨークで絵の勉強をしながら、広告イラストでお金を稼《かせ》いで仕送《しお》りをしていました。

その後、イラストレーターとして、徐々《じょじょ》に脚光《きゃっこう》を浴《あ》びるようになってきたガアグは、一九二三年にニューヨーク公共図書館で、二六年には、ヴァイユ・ギャラリーで個展《こてん》を開らきます。そして、その収入でニュージャージー州に農場を買い、今度はそこへ妹弟を呼び寄せました。

一九二八年の個展《こてん》で、ガアグの絵が編集者の目にとまり『一〇〇まんびきのねこ』が発表されます。その翌年には『へんなどうつぶ』(瑞雲舎)を、それから『スニッピーとスナッピー』(あすなろ書房)や、『ＡＢＣうさぎ』(文遊社)、『みえないこいぬぽっち』(好学社)など、精力的《せいりょくてき》に作品を発表していきますが、一九四六年、肺《はい》がんのため、五十三歳の若さで亡《な》くなりました。晩年《ばんねん》は「オール・クリエーション」と名付けたニュージャージー州の農場で、夫と弟のハワード(ガアグのほぼすべての作品の題字や本文のレタリングをしていました)と末《すえ》の妹のフラビアといっしょに暮《く》らしていたそうです。ガアグの絵は、大英博物館《だいえいはくぶつかん》など多くの美術館で保管・展示されています。

本作『くよくよしても しかたがない!』は、ガアグが四十二歳の時(一九三五年)に発表された作品です。ガアグは、当時のアメリカで、現実主義《リアリズム》文学が好まれていた風潮《ふうちょう》や、昔話《むかしばなし》の持つ残酷性《ざんこくせい》についての論争などに抗《あらが》いながら、一貫《いっかん》して昔話《むかしばなし》や民話調《みんわちょう》の作品を作りつづけました。なぜなら、ガアグにとっての昔話《メルヘン》とは、幼児期の揺《ゆ》るぎない豊かな記憶であり、その昔話《メルヘン》の魔法（精神）に直接触《ふ》れてみたいという願望《がんぼう》を、生涯《しょうがい》、持ちつづけていたからです。

一九三二年に、新聞社から、子どもの読書週間のための絵を依頼《いらい》され「ヘンゼルとグレーテル」の絵を描いたのを契機《けいき》に、本作の発表以後は、グリムの再話に力を入れていきます。ガアグが昔話《メルヘン》の再話にあたって気を配ったことは、原語の味わいを活《い》かしながら、目のまえの相手に語りかけるようなテキストにすることや、聞き手の集中力を途切《とぎ》らせぬよう効果的に会話文を使うこと、それから、子どものためだからと質《しつ》を落としたり、難しい言葉を削《けず》り過ぎたりして、物語の世界観を崩《くず》さないようにするといったようなことでした。

私もこの本の翻訳《ほんやく》にあたり、ガアグが心を砕《くだ》いた点を胸《むね》に留《と》めて作業したつもりですが、その成否《せいひ》は読者のみなさんに委《ゆだ》ねるしかありません。また、その訳文のなかに、晩年《ばんねん》、ガアグのグリムを多数翻訳《ほんやく》された松岡享子先生への追悼《ついとう》も込めさせてもらいました。

二〇二四年六月

小宮 由

再話・絵：**ワンダ・ガアグ** (Wanda Gág　1893-1946)

アメリカのミネソタ州に生まれる。
主な作品に『100 まんびきのねこ』(福音館書店)『へんなどうつぶ』(瑞雲舎)『スニッピーとスナッピー』(あすなろ書房)、『みえない こいぬ ぽっち』(好学社)、『グリムのむかしばなしⅠ・Ⅱ』『ワンダ・ガアグ グリムのゆかいなおはなし』(のら書店)などがある。

訳：**小宮 由**　(こみや ゆう 1974-)

東京都生まれ。翻訳家。
2004 年より東京・阿佐ヶ谷で家庭文庫「このあの文庫」を主宰。主な訳書に『マシュマロおばけ』『歌がにがてな人魚』などのスロボドキンの幼年童話や『チビにいちゃんと 0 ちゃん』『チビにいちゃんと馬のロッタ』(以上、瑞雲舎)、『さかさ町』(岩波書店)、『イワンの馬鹿』(アノニマ・スタジオ) など多数。祖父は、トルストイ文学の翻訳家であり、良心的兵役拒否者の故 北御門二郎。

くよくよしても しかたがない！　2024 年 7 月 1 日初版発行

再話・絵◆ワンダ・ガアグ
訳◆小宮 由
デザイン◆井上 もえ
発行者◆井上 みほ子
発行所◆株式会社瑞雲舎
〒108-0074　東京都港区高輪 2-17-12-302
TEL 03(5449)0653/FAX 03(5449)1301
印刷・製本◆シナノ書籍印刷株式会社

NDC933 /ISBN 978-4-907613-50-1